Le Crottin de Chavignol
20, rue Seguin
LES FOINS

L'Angelus
14, rue Mill
LES FOINS

Le Mouton Enragé
14, rue du troupeau
LES FOINS

Loup

POUR BALTHAZAR

© Kaléïdoscope 1999
Loi n° 49 956 du 16 juillet 1949 sur les publications
destinées à la jeunesse : mars 2000
Dépôt légal : octobre 2000
Imprimé et relié par Pollina, 85400 Luçon - n° 81574

Diffusion l'École des Loisirs

Geoffroy de Pennart

Je suis revenu !

kaléidoscope

Vous me reconnaissez ? Je suis le loup !

Me voici de retour dans la région,
encore plus costaud, encore plus intelligent.
Un vrai grand méchant loup, quoi !

Et j'ai hâte de retrouver quelques vieux amis
pour leur prouver que je suis le meilleur.

J'ai prévenu les journaux
que je ne ferai pas de cadeau…

…histoire de semer la terreur.

La, la, la, oui, je suis beau et magnifique,
Je suis vraiment trop fantastique…

… La, la, la, il n'y a pas de doute,
Je suis en route vers mon casse-croûte…

Ha ha, je reconnais cet endroit.
Pfff, la maison de paille, pfff, la maison de bois.

Vous savez comment j'appelle la maison de briques ?
Je l'appelle *la charcuterie*
et c'est là que je vais faire mes courses, ha ha ha !

J'ai pensé à tout pour avoir un bon sandwich au cochon…
Je suis un professionnel, moi !

Cric, crac et voilà le travail ! Quoi ! Personne !
Crotte de bique !
Hum, à propos de bique, la chèvre habite tout près d'ici
avec ses petits.

Vite, j'enfile mon déguisement, un peu de farine sur la patte,
et je suis sûr que les biquets vont tomber dans le panneau.

Quoi, ils sont TOUS sortis ?!
Qu'à cela ne tienne… direction : la rivière ;
objectif méchoui !

Personne ! Ma foi, je suis déçu, j'espérais bien
que l'agneau serait toujours là en train de rêvasser…

Pas de gigot, rien que des chênes et des roseaux !
Puisque les animaux sont absents, voyons du côté des enfants…

D'abord, Pierre…

Bien, l'effronté est dans la forêt.
Un bon ragoût de garçonnet en perspective…
Mais où le trouver ? J'aurais peut-être
plus de chance avec le Chaperon rouge…

Me voilà devenu le roi de l'espionnage…

Aha! Maintenant je sais où elle est.

Aussi rapide qu'une fusée, en un instant
je serai arrivé chez la grand-mère.
À moi la fricassée de fillette !

Tiens, Mère-Grand a déménagé ? !
Qui habite ici maintenant ? Monsieur Lapin ?

Voilà qui fera très très bien l'affaire !
Rien de tel qu'un bon râble de lapin pour un loup
qui a vraiment très très faim…

Boum !
Boum !
Boum !

Heu !

OUILLE !

AÏE !

AÏE !

OUILLE !

Qu'est-ce qui leur prend ?
J'ai à peine bougé !

AÏE !

OUILLE !

Dîner, vous avez dit dîner ?
J'accepte avec grand plaisir.

Je suis le loup. JE SUIS REVENU !

Le Tire-Bouchon
8, avenue du Jamb...
LES FOINS

La Feuille de Chou
12, rue de la Salade
LES FOINS

Monsieur le directeur,

J'ai le grand plaisir de vous annoncer mon retour dans la région !!!
Je suis en très grande forme !!!
Savez-vous que j'aime énormément les lapins !!!
Je connais d'ailleurs une excellente recette de lapin aux pruneaux !!!

le loup